星丛诗系

第二辑

晚祷

藏马 著

长江出版传媒 长江文艺出版社

图书在版编目（CIP）数据

晚祷 ／ 藏马著 . —— 武汉 ：长江文艺出版社，2019.8

（星丛诗系 . 第 2 辑）

ISBN 978—7—5354—8561—8

Ⅰ . ①晚… Ⅱ . ①藏… Ⅲ . ①诗集－中国—当代

Ⅳ . ① I227

中国版本图书馆 CIP 数据核字 (2015) 第 313486 号

责任编辑：谈 晓　　　　　　　责任校对：毛 娟
封面设计：蒋 浩　　　　　　　责任印制：邱 莉　王光兴

出版：长江出版传媒　长江文艺出版社
地址：武汉市雄楚大街 268 号　　邮编：430070
发行：长江文艺出版社　　　　　电话：027—87679360
http://www.cjlap.com
印刷：武汉市首壹印务有限公司
开本：880 毫米 ×1230 毫米　　1/32　　印张：4
版次：2019 年 8 月第 1 版　　　2019 年 8 月第 1 次印刷
行数：2530 行

定价：39.00 元

藏马

目录

1

晚
祷

晚祷

呵，晚祷。

白昼的十二支蜡烛，十二个时辰，十二次连续的内在的呼唤，已齐齐对准前方的空旷。

呵，晚祷。

当暮色的紫丁香沿街盛开，那一朵朵郁结的情怀，次第在香味中释放。一晃而过的男子，已情不自禁地停驻双脚，在幽暗里回嗅那逝去的华灯初上。

呵，晚祷。

此刻，人与神的默契与安慰，竟已如此盛大。

另一个黎明

谁在那儿呼唤？　在这样的时刻
这样的时刻　你要回家

你要裸露着　踏着露水小径　回家
回到那三叶草的家

你要打开
遮掩着的两扇窗户

一种眩晕

仿佛啤酒的珍珠泡沫

将在一场盛宴中，溢出

爱，畅饮后，那样热烈

而我能否找回自己

在那谜一样的眩晕里

我能否用一贯的沉默去迎接

四周的风吹草动，迎接

每一根拉紧的神经在身内

琴弦般的颤动，与奏响

在谁的手指的轻拨下，听

一首黄金提炼的乐曲，正缓缓升起……

——而与之对应，受难的

可是迎面而来时，她瞳孔深处

布下的那场大火，点燃后

多么危险

在一阵血液与血液交换的

激动里，在一阵半是甜蜜半是

忧虑的狂想中，我看见

她身上每一颗细胞都变得

那么饥饿，仿佛一头行动的野兽

在渴望着喧响

雨水之章

雨停在半空
也许，有一些事物还未到达
你等待着
一夜之间，白了头发

音乐从来就是为一只耳朵升起
找到它
并把它撕成碎片

但雨永不落下
在你的梦中，你的记忆里
雨永不落下

那是一辆老式汽车
停下，等待
却从此再也找不到
行走的道路

给 D 的散曲

一

你是我的包裹
我的寡妇

你是我的肋骨

当微笑从谁的脸上
冉冉升起

你是我眺望的门窗
路上的
频频回首

二

呼吸着，你草场的呼吸
请允许我
透过你眼眸的灯火
望见家园

我的苹果树，我的神经

你命中的丈夫

奔波后

将在那儿

稍作休憩

三

呵，夜晚

我毕生渴望的幸福

可是

她那凳子一样的膝盖

她那海一样跳动的胸脯

四

睡吧　　睡吧

合上眼睛

戴上你睡眠中的面具

我的小狐狸

小兔子

在梦幻升起的地方

狼不会出现

老虎也是一个乖孩子

坐在旁边　守候着谁

因此睡吧　睡吧
我的呓语　我的好邻居
请用你睡眠中的声音
那风　那细雨　那野草的声音

这个下午

这个下午，阳光很好
风很大
一个男孩，双手脱离车把
向前奔驰

一路长长的影子覆盖住
下面转动的车轮
与车轮的闪光

这个男孩和他的车子
不知不觉中
在消失
这个下午

我拍打旧自行车上的灰尘
一个废车轮
滚到阳光和风里去了

而阳光像冰雪一样坚硬
风像高原一样庞大
不知道为什么

点亮沉睡的水晶

点亮沉睡的水晶
乡村，我的一个又一个黎明
露珠的滚动覆盖了原野
每一步，都是惊雷

我内心的废墟猛然重获光明
在群山之上
一场婚礼如期举行
那铁匠娶到一位刺绣的姑娘

让一只野兽苏醒
抬头眺望
青草暴动的故乡

当唯一的那道紫色闸门打开
阳光瞬时填满
事物的凹面

当我回忆起遥远的事物

当我回忆起

遥远的事物

和难以捉摸的往昔

爱情顿时涌入胸口

山冈上缓缓踱步的梦影

重又回到了身旁

它在耳边荡响着亲切的语音

它在眼前晃动着温柔的长发

像春日原野的深处

珍藏着温暖的池潭

我在岁月颤动的歌声里

又悄悄倾听它缓慢的呼吸

爱情无法平息时光

爱情无法平息时光
某夜，你和情人
在茗香园里喝茶
那夜你们都很烦躁
生命进行到第二十七和
第二十六个年头时
出现了一个小小的休止符
一首诗的间歇，其中
有一道透明的疑障
你一时无法逾越
小小的鸿沟，与什么有关？
找不到桥梁的人
在茗香园里喝茶

而爱情无法平息时光
隔着一张桌子，你和她
面对面地聊天
你们在谈论
过去的一段好时光
"一件旧衣服，谁穿着
也不再感到新鲜。"
"无法激动，玩具魔方

拼不出另一种图案。"
"那么，保持水果的方法是
不要摘离树枝，
不要让它腐烂。"

茗香园里，一座冰山在浮动
灯光下，你们注视着对方
"那朵火焰，是否要
把它全部掐灭？"
那夜，你喝的是茉莉花茶
她喝的是苦丁茶
一点点的错位让你们难受
而爱情无法平息时光

一种眩晕

仿佛啤酒的珍珠泡沫

将在一场盛宴中，溢出

爱，畅饮后，那样热烈

而我能否找回自己

在那谜一样的眩晕里

我能否用一贯的沉默去迎接

四周的风吹草动，迎接

每一根拉紧的神经在身内

琴弦般的颤动，与奏响

在谁的手指的轻拨下，听

一首黄金提炼的乐曲，正缓缓升起

而与之对应，受难的

可是迎面而来时，她瞳孔深处

布下的那场大火，点燃后

多么危险

在一阵血液与血液交换的

激动里，在一阵半是甜蜜半是

忧虑的狂想中，我看见

她身上每一颗细胞都变得

那么饥饿，仿佛一头行动的野兽

在渴望着喧响

献诗

属于梦幻的你呵
只出现在某个黎明或黄昏
在我睡意朦胧中走近
在我的胸脯上放一束
带刺的花

你是鸽子,是神或人
我已无法辨清
在一个岛上,谁的手
把那架风车缠绕
它停止了旋转

你像带火焰的蛇
在如镜的水面吐舌游动
我空中筑巢——以远避你
可爱情的风,爱情的风
仍把我鞭打

放弃

人间的囚笼那样宽广
我不知道我是否已经历过重洋
或正在起程
我曾拥有过两个名字
在曙光缓缓抒写的那一刻
拥有过一座庭院
一个女人的，完整折磨
我也品尝过战争
那些慌乱、弹孔、哭泣的瓷器
在普遍而广阔的杀戮里
某个下午，困扰人的圣贤书
以及四周满溢的欲望、景色
身后，那些锁链般的后代
都不如此刻的一轮满月真挚
虚空中，一颗露珠的闪光
才是谁的真身
在宇宙之外颤动着

提前的约会

提前的约会，一场追悼会
谁肃立着，念出来：我们永远不会忘记你
而透过麦克风他似乎听见了
微笑。微笑着走上遗像

你可不能这样，倘若
倘若没有经过同意
半夜，告别后的黑暗
一个人颤栗着，将从骨灰盒出走

但死去的永远是别人
是顽强的记忆
在耳边，一句哄骗过人类童年的诺言
又一次响起

因此笑笑，笑
努力地，在遗忘降临之前
一个过去式的儿子、丈夫和父亲
从此撒手，蒙着脸，被贴上标签
运送向远方

为了返回宇宙轰鸣的尘埃而运送向远方

我们分开，好像就在昨天

是的，在那个或这个春天里

我们永远是在一起的。没有什么

能把云彩分开。一种平行着的哭泣

顺从于山峦的奔驰；可亲爱的，偶然的

忧伤已灌满了河水的流淌，慢慢地

慢慢地向前远去——但仿佛从来就没有分开过

也不知道，还有怎样的里程，会把道路勒紧

记忆，那似乎，总有薄寒在肆虐

已被折裂的一截时光——哦，请原谅，原谅谁的孤单

原谅谁带来的一小束塑料花，和那一阵迎风的拥抱

真想把什么来抓紧。也请原谅

在一颗晚星下越过了屋檐间的各自的照耀

存在着；——而我的那种渺小，却低于尘埃

哦，原谅吧，原谅我们一度忘掉了时间，在一些些

虚无的思念里，曾把宇宙的浩瀚来眺望

而隔着一层看不见的焦渴与黑暗，什么

才是真理的必然呢，——我们分开，好像就在昨天

我应该致歉

——仿辛波斯卡

可生存是怎么一回事呢，还有

那像果核一样深藏着的欲望？是的，我应该致歉

此生此世，向每一颗照耀着的星星致歉；

当石头也开始发光，我要向过去致歉——因为我曾
　　抛弃了爱情

没有把它等待；我也应该向这个冉冉升起的春天致歉

在流血的每个早晨，应该向每一条河流

和每一座山峦致歉；为了找回流浪着的真理

我也应该向内心中的自我致歉；

为了一餐虚妄的美味，我搬空了整座大海；

在存在的奥秘还没有向我显露太多的时候

我更应该向陆地致歉，而明月千里的祖国

其实我并没有时时刻刻把你放在心上；

还要走多少条路，才能把灵魂踩得踏实呢。

不要再让我飞起来了，在每一朵云彩上

我需要向天空致歉；万物是那样地完美，而我却在
　　酒精中消殒了；

请别告诉我希望原来离我那么远，像不断后退着的
　　地平线

可是又这样地近，像谁身上脱落的一枚纽扣——

我应该也向它致歉；而求求你，仁慈的汉语，我仅

是你脚下弯曲的

一粒泥土：我为我在有生之年，能找到你而向未来

致歉

履历

这是谁出生的小镇，这是一个叫
"新河"的古渡口。这是一座明代老桥
跨过了流水童年。这是两边的凉亭，这是
横匾："水不扬波"。这是一个古码头
临空的阁子照耀着，投河的浣女们，夜夜

这是披云山——却像是一只倒扣的铁锅
这是功德碑，早已字迹湮没，曾记载了
戚继光的一场鏖战，在昔日。这是烽火台
站在这里，可以回眺，五里外，宋代

那个叫，戴复古的旧庐。也看得清
那个叫朱熹的老同学，徘徊在此地
一度，用脚步测量着什么
这是锦鸡山麓，一个晚清和尚开的私塾，如今

变成了一座偌大的中学，近万人在此
相濡以沫。早年，吾也一不小心，入了罟中
"文笔塔下莘莘学子砺志砺德学文学武学做人，
锦鸡山麓代代良师授智授业育青育英育栋梁"

可他的数学怎么每年都不及格呢

图书倒是啃了不少。那个低年级的美女

也不见了。这是石头砌的古街，一步一个坑

像一截盲肠，弯弯。而相隔二十里，那是东海，眺

　望着

仿佛比星空和宇宙，更光彩夺目。

而年年放肆的台风又是谁灵魂中的胎记

履历简单，却是必须的，这一切的印象

带着一具，漂泊的躯体落魄在人间

无题

"没到上班时间，一边等着去。"

"别进来，该下班了。"

"急什么，没见一直在忙着吗？"

"后边等着去。"

"蛮会找麻烦的。"

"错误难免的，谁都有出错的时候。"

"自己搞清楚了没有？"

"不知道。"

"东西放在柜台，没长眼睛吗？"

"不是已经告诉了吗，还不明白？"

"有完没完。"

"办不办？要办快点。"

"东西太乱，拿回去。"

"喂，喊没听见吗？"

"怎么刚存就取，找麻烦。"

"以后想好再来。"

"自己写错了凭条，怨谁？"

"错了错了，这样不行。"

"回单位开介绍信去。"

"那是电脑算出来的，还会错吗？"

"银行是国家的，会坑你吗？"

锻造坊

用水冲洗着这双油污的手
工人们收拾着工具，把这些
凌乱的扳手、螺丝和螺帽，逐一
安放在木箱里。有一片碎铁扎进了拇指
血丝随着沟槽，流进了地里

先是卸下那面罩壳。然后是
电机座——齿轮张嘴，缺了一颗牙齿
爬上这台机床的脖子，用凿，和三角抓
退下了它旋转时的沉重，而在
敲开的铜套里，轴承也变形了

把螺纹重新地绞了一遍。就像
早年，我父亲在做木匠时，用线钻
往深处拉动。而我父亲的父亲，却是
在一块不大的田地里，用犁摆动着
一遍遍地——他们也像我一样，半撅着屁股

有一次，在拉钻时，木头跳了起来
击中了我父亲的前额。而那面铁犁，却闪亮地
切开了我父亲的父亲，脚指中间的那个部位
可真幸运，我没像他们那样，残留下什么疤痕

宽宽的——血随着沟槽，流进了地里

也没有想到，今天，我会待在这里。一整个
下午，蹲在机器旁，对付着丛多的零件
和油污。那个班长请假了。就像，我父亲
和我父亲的父亲（一个躺在了地下，而另一个
坐在了轮椅上），如果我不做，谁来替代呢。

孩子，还在妻的肚子里。可这也仅仅是
仅仅是曾看得见的生活的一部分。偌大的车间也
并不比，田亩狭窄。以及木头。你想象着
它们，就是词语的另一类组合，从我
父亲的父亲开始，就已经在脑海中扎根。

重量

但愿我还赶得上赶得上不过得快点因为
时间已经不早了
他放下手中的工具和铁器
向那破旧的棚子走去
他远远看到了他那辆豁嘴的车垫子
而推车时，他又朝旁边的那个矮个子工友笑了笑
"回家了？"
"回家了。"他仿佛是在自言自语，接着
他不搭理他的反应，就朝柏油路上去
外面，黄昏的光线绞动着
一股谁也不明白的流动
哦，这样真好，他沉思地把头低着

但愿我还赶得上赶得上不过得快点因为
时间已经不早了
这会儿，他盯着柏油马路上的那条直线
盯着车子前轮与地面的摩擦与闪光向前
（一盏灯好像亮了一下是红灯吗而他看见
自己就在马路中央）。他呆了一下
他想起刚才下班时去水槽边
用肥皂泡沫用力地冲洗着——却怎么
也弄不掉身上的油污味：这使他感到一些些烦闷

他又想起来他早晨经过菜市场的时候忘记了
捎带一些什么因此现在他得穿过这个十字路口
拐进旁边那个熟悉的老摊贩
向他讨要一些
哦，这样真好，他的嘴角不由自主地翘了起来

但愿我还赶得上赶得上不过得快点快点因为
时间已经不早了
他感到车子突然变轻了，像是踩着两块香蕉皮
又像是一个月前被偷窃的那辆新车
（那真是辆崭新的车子，谁也跑不过它）
他听见一记喀嚓声像是老家山谷里的树枝
断裂了——在远处——又在耳边
他的目光随着一枚纽扣坠落
但他又不满地抬起头来——天真黑了——啊哟
他来不及尖叫也来不及细看只是用力地
耸动了几下肩膀

——快点快点因为真的，时间已经不早了
现在，他的头颅微微地仰起，又向低处垂下
他的脑海里，有一道工程车轮以十分之一秒的关切
　　和遗忘
从他身上呼啸而过

严重的时刻

如果是你，会怎样……她盯着他的
眼睛：如果是你，是否真的不需要
对面有一扇窗户"砰"的一声关上了
他看见刚才有个人提着一把水壶
朝阳台的花丛浇洒。而远处有一块云
低低地压着

    别，别这样……好吗……

  不，不，不，你根本不了解……
他不敢看着她的脸。为什么，为什么
没有仔细地想一想，哦，抚养——这不是
问题，如果你真的为此考虑过……
而工作？哦，那也只是一个最拙劣的借口——
人们为了逃避总能找到一万个理由和借口
远处的那块云越来越黑了，朝着这边移动
一道阴影穿过了谁的心房

    她仿佛自言自语：
拿到化验单的时候，靠着墙壁，一个人
既惶恐又幸福，可是，一个声音传来——
在电话的那头

  "是的，不要。"

    ——我问自己：那是你的声音吗

是你的吗，熟悉却又那样陌生

              ……在摧毁着什么

又是一场雷雨，他看见乌云越来越迫近了

像是从四个角落里抬起的一具棺材

整个地扣住了窗户。雨快要来到了。下一场雨就好了

他扶着窗边的那道栏杆——

   "我任凭她们把我绑在了一个平台上，而那些个

戴着口罩的穿白大褂的人们，一声不吭

用针筒狠狠地朝我的

手臂上扎去……之后，什么都不知道了……

    醒来，我看见了血， 在下面

大约半小时，才撑着

身子，穿上衣服，像喝醉了酒一样，一路上，摇摇晃晃

脑子里，比我们的租房还要空

我又按了按自己的

腹部——那儿什么也没有了——"

她在抽泣：我们再也不能做这样伤天害理的事了

他半依在窗边，一只手抱着什么，另一只手

紧紧地抓着栏杆，像是抓住了什么

现在，窗户已经暗了下来，乌云整个地砸下

落在四周，而空气中传来一阵阵莫名的腥味——

比血气更潮湿——

        别，求求你，别说了好吗……

不，你根本不了解……

她知道，雨马上就要来了——会冲刷掉一切——
但她还是要说。她挺起胸膛，

直盯着他那双点燃的瞳孔："那不仅仅如你所说
的……"

他之诗

他说他的头发竖立在那儿
泥沙的间隙里发质有点硬，也许吧
他说他的那顶帽子，还戴着，挺好看的
不知道好看在哪里，但就是好看
他说他的衣服很整齐，整齐得
像是一直立正着，不知道为了什么
他又说他的人很胖，胖得有点浮肿
当然了，那十多个日日夜夜
他说他真的很重，说不出的重
指尖都这样重，连毛发都那样重
他又说他的脚有点白，哦，看起来
是有点白，直直的，白中泛黑
他说，他的嘴唇也有点破了，一道
很深的印痕，不像是因为亲吻
他说他猜测是在打捞时，被铁钩子
一阵擦破的。那么，接着，他又说
他的裤带儿有点紧，你看，都快胀裂了
哦，腰部，多么结实的一条牛皮带子

他又说他的膝盖也变形了，就像
睡得太久的人那样，僵硬着一块铁
而一只脚上的鞋还没有松，看下面

这根鞋带比在平时扣得更紧。哦请不要难过
他说他的脸还是很清晰的，或许
更洁润，有三十多岁男人的些微意态
是的，这一点，我也知道，曾经
他走过很多地方，也见过很多有趣的人
他又说他的胡子看上去像一个卖烧烤的
但在照片上看去，脸形又像一个老师
他说他那天是不是喝酒了，你瞧，他
鼓胀着的头部，有着一圈婴孩般的光晕
接着，他又说他每天都会接收这样一些
但没想到这是个诗人，原来诗人是这样
悲伤得可爱。他想起了他的眼睛怎么
眯成了一条缝，再也睁不开，他看不到
他的瞳孔是什么样的。而这
和他的工作的缜密不符合，有点为难了他
他说但他当时不想损坏他身上的任何一个部件

现在好了，得到他家人的同意，可以
更深地了解他了。他说他先用剪刀
剪开了他的衣服，然后，终于露出了
裹着的皮肤。他说他在腹部划了一下
那暗紫色就分开了两片，而刀尖
再向上，胸膛也就打开了。这是一副
好身材，符合生理学包含的一切范畴
他说他的心脏很好，肾也不错，以及

肝、胆、脾、胃，就是肺不好
对不起，里面积满了河水，喉管里也是
他说肠子里好像还有没消化完的
一些东西。他说是不是吃了海鲜和面
芹菜和肉。又是不是吃得很饱
但可能饭后没去散步；而肉真的
挺厚的，骨头在里面，可能很受气
他说没想到他也是那样听话躺在那里
一声不吭。而他也真的更没想到
会花了近四小时去了解，因为秉着职业的
道德良心真的很仔细真的他想呈现对外面
疑惑着的一个精确的答案。而现在
已经找到了——他说最后的结果
其实和他初次见到他时
所判断的一样，好了这下我们都放心了

他说还是早早回家去吧（哦，没想到
他的家在千里之外），但如果有疑虑那就
再等等吧，反正躺在这个冰柜里也挺好的
他说他要走了。他说但你们一定要记得
帮他穿好衣服，怕是光着身子有点难受
也难看。他说他刚才都记不清
那把刀子在这身体里切裂过多少次了
哦，请千万不要难过，千万
人生难免会误失而这只是

一个小小的例子而已。接着，他又说
总之真的是很好，是一具很健康的躯体
一边说着——他把他留在了尸检房里——
然后自己一边收拾着法医用的那些工具
最后，他提起了袋子，走到门外，把它扔进了
车子的后备箱。再见，然后他摇摇手
摇摇那只用消毒水洗过的手掌。
说再见了，再见了祝你们好运，永远地

给 L·H

一

至少和自我有一场争吵，至少
一道光的肖像会在薄暮中雕塑着

祭台——烛火呈现了灵魂的形状
寂静——那是戏剧性（哦悲剧）的一种

不过春秋之笔早已蛀空，自由
俯身于一首安魂曲，现在，

无时不在；无时不住在舒适里。
而春在哪里？打碎事物，雪会一直下

下到宇宙之外，雪轰击着葬礼的幻想。

二

当然，那光的深渊，也在塌陷着
一路上，澎湃的活力却是真实的。

而谁与自我仍在崎岖里
蹒跚，或滑冰，坚持着一贯的勇敢？

但至少有两种欺骗在身体里穿行。
终于枯萎了。冬天的雪地燃烧着

虚构了一个不变的茫然。不能再有希望了
当苦难的甜蜜饮尽了血的温暖。

三

理想难以安闲，事物也将
归其所是，可普遍的良知却永在

毁灭里提炼着。和那一份执著，
也从人类经验的变化里，锻造了

历史的酷烈之美。以及这样的
荣耀和牺牲，亘古以来，依然

闪耀和履行着。在星空，越发地清晰。
而祖先呢——那是风托举着的乌托邦

在想象里呈现吗。也许
真有太多的痛苦坠入了曾经的滑稽

四

也许彻夜在读着饥饿：大海的狂暴
也击不碎的落日；海岸线的扭曲

也许血的巨浪在甲板上徘徊和喷涌
这个世界开始醉酒摇晃，胡言乱语

也许是一种呻吟，比梦更晦暗
曾渴求着向醒悟眺望——也许窗外：

尽是些云朵的尸衣、岛屿的残骸
哦，活着，在一种野蛮中飞翔或窒息

五

直到一切变成灰烬。一座
坟墓敞开着，等待着谁的检验

而自由却是一种元素——
就像风、水、大气和土壤一样

可那样有力的波澜，如今
依然在沉默后面腐烂

哦，再见了，多少秘密的激动
也许里面只有一些恐惧在逃亡

六

哪里有阴影哪里就有思想的寒冷
哪里有想象哪里就有着天堂的完美

思维是深渊而大地有着存在的坚实
唱给鸟类的歌声现在唱给骨头去听

给虚无听。返回石头下的蟋蟀歌手
太阳的注视永在一座废墟上徘徊——

那是来自古希腊的荣耀，在爱琴海上
荡漾着，传递着，哦一切是如此宝贵

自由是诸神的眷顾、自然畅饮的蔚蓝
自由是苏格拉底构建出的白色城邦

七

最后的暮色熄灭了，在地平线那边
有一颗星座的导航已冉冉升起

而我们是谁。又将是谁？这样的
疑问，不会让真理变得更光彩

也没有信仰的租约了。当现实的
主题环绕着一切。可本质的卓越

会穿过泥污的舞蹈流淌着丰饶
哦向上，该如何去淬火着我们的思想

八

是的，有一份时辰
可是忠诚于尘世的时辰，有一份遥远
可是星辰间的遥远的呼唤
和照映。哦，沿着智慧的老根
哦，洞察那些埋藏于岩石里的懊悔

然而抛开一切，剥离一切
我想谈一谈人——
而人，生来就是孤独的
而人将以人的立场去承担吗
那些习俗，那些隐藏着的过去
一举一动——在举手和投足之间

哦，都是缓慢的纯粹，热爱着
把炫耀的变形抓紧。也分泌着悲哀
或喜悦，从开端向着饮食男女倾斜
和传递。哦，观望着的万物。
当死亡早已死去。那么离别
又算得了什么？

九

放下吧，放下一首诗歌中的轻和重
在意义逃离的间隙，放下自己
直到山巅铺开了落日的盛宴

而要经过多少不安定，才返回
内心的源头活水——那最初的朴质
那露珠透过阳光后的一缕折射

母性的词

一

以排列早晨的方式去激动
也给最弱小，那抬升着的瞭望

更在词语稠密的万梢丛中，将
勒紧归来者扭曲的路程——

哦，谁说有光，就有光——
土地的遗忘，可是植物性的那阵痉挛

而那死去已久的仍在放肆着
而照耀是为了之后的每个蒙面的黄昏

二

那些透过锁孔窥见的，将一如既往地呈现
语言里，有着月球和月光的全部

也并非一切都生长出飞翔的翅膀
连同那些最纯粹的死亡，也在渴望着

而梦，在梦拓展的疆域里却又被梦劫持

哦，将在寻找中学会接受，在命运的
一掷中开始滚动，当彼此都认识了黑暗

因此独有谁的诗句存活，犹如
走漏的风声

三

在很远的地方埋下了雷声。更远——
永不消逝的那片焦虑，跟随着电波。

而行走在空无一人的地方可是
穿梭在每道人群的衣角，剥离着困惑。

再加入那合唱队——却因陌生和无名
而在某处获得了自由。秘密将不多也不少。

哦，注满这衣钵，在充盈的片刻
听，以及听力，在消解着

四

一场无意义的意义

那难受还难受得不够，受难的词

是词流放着词，在词根里行走

所有重量都在那尾音上——

（春风吹开了石头）

更把握着不可把握的节奏：

响鞭快马一溜烟。

落日，犹如绝句。

哦，仅有的一夜，已把记忆犁成了鸿沟

五

每道拐弯都竖立一块墓碑
预言和寓言，生活不能承受之重

好久没有人类的消息了。人味
经久不散。齿痕，悬于一线。

不是监狱在挽留——那晚霞的监狱
涂抹完心脏的最后一滴血

而是在空缺的地方，只守候一个词——

词的出口，在大海尽头
词的出口处，依然波澜壮阔

六

让星际间的多重穿插和交叉在后园的泥土里
埋藏。也让，最后的思维在几经修改间游弋
在思念里提供悼念——
足够的回声撞击着语言筑就的回音壁

思：在可能的对话里锲入
也赶在哭泣的前头成为饮者
思：在先人跪拜的地方接续上孩子的酸膝
吸收着，面对着一代代的疯狂迷失

七

允许在万马奔腾间，游刃有余
与死亡合力而又无力地制造新的田地

在死还没有成为死亡之前，虚无
一点点地流逝，以及集体地等待着——

靠隐喻生活。在隐喻里一场永不言败的战争
曾扭曲于理性，却又开始于感官升起的地方

哦，无人应和的深处埋着早年的起航
推开旧院门，栗子射击着，覆盖谁的虔诚

八

那些毛发和牙齿，嵌进了课文的第一节
在原谅里奔跑着文明的孩子
用敲门声惊醒的，不在此列
被小老白鼠扩散的，也不在此列
今天，通往神话的路已断裂，因此
要谢谢这一切，谢谢工厂俯视的景观：
好在他人的位置上，异化为他人，共同
查看甲虫挥舞的四肢安装着人类的假肢

九

不存在缺憾，缺憾也是一种圆满
词语说出而书页停顿。

大量的停顿，在此处——心如国度凝望着
落日的深渊。一个乐章空着。

一个瞬间，瞬间被击穿，被年代磨平
合一的持久回答着那春天的责备：

远离墓园内那些修辞的林立
远离祖父父亲的言词偏离的历法

十

人世低眉顺眼已久，已在永逝中迟到
更低的，被推到了山顶
更更低的，不低于美的表达
哦，带着全部的简洁明了，堆积
爱的静默，成为河床
（那更宽的沉入了断层）
匹配，和从未有过的高涨秘密歌唱
欣喜于一条隐秘的通道在前方敞开

十一

相遇于相遇的地点
表达，犹如呓语，在睡眠中漂泊
想象把遥远折磨着
而听，有着怎样真实的张力？
辨认，已和流动无关
（仅仅为了提炼一种文体
大量的阅读散落在地层），也曾
发誓再也不进入语言的厨房了

十二

每个商铺的招牌都在收割着零售的价值
有没有不出售的？答案：好像没有。

收割人头的死神在暗中窃窃私笑——
这里有不可出售的勇敢、正直，和良心。

可最适合欺骗的是诗歌，做一个红棺木
让她躺下吧——用她的身体羞辱过去

"别和我说过去了，过去早已死去"
呵，挥舞着鞭子，骑着寒冬，训练宽容

十三

在纪念还没有完成的那一刻撤离
把灰烬洒在激情退去后的爱情高地
那里，走动着一千零一个夜晚的泥泞
而张开五指看太阳的人看见了亘古的流程：
词，在碎片和深渊里观望。——那就
再也不去咒骂家庭婚姻和残疾的儿童了
只，在修复中拒绝原来的身份和省份
用裸露，那更为完整的目光放牧天空

十四

戴着游戏的面具从社戏里和夜一起跳下来
摔打流水童年之后父亲那橡木的背影
在通往每个烟草店的拐角处，细数积蓄
也久久地去田野冒险，久久地以光束穿梭

好少年迎风生长的那一刻，炮声齐鸣
多快的十年就像一天，一天就漫山遍野地
成熟了，可以自由地手淫，向往着宇宙——
在爱情提供的幻想里照见镜中变异的自己

十五

多么悠久的，在世间沉淀，教你我
创造出土地流失时最后的紧张
（在无助里，借用思想那无阻力的抚摩）

哦，一种可以亲吻的死亡，长夜里
词的流逝应该省略，而接近于凝固
惟有转身，用不低于星辰的希望吐露

也用冷静煮沸隐藏在迷失中的信念，好让
圆形的苍穹拓展成人类教堂的穹顶

十六

今夜，谁将重新分配着，去另一种天气里
只为一切思念的地点已朝窗外飞离

今夜，奉陪着
所以长久地搂抱着抽搐，就像搂抱着
两颗星光之间的距离——哦，那多久的脆弱
曾带着掌声应和着回声，持续地响亮——

今夜，让多坚固的凄凉，趁着年华的动车
赶赴那最后被劈开的一道幸福。在幸福的边缘
再传递角色被照亮时，一刹那的狂喜

十七

从词出发——再回到词
没有遗容可以瞻仰
因此也就没有生者

倒着走入——关怀，将折磨着情怀
遗憾，也就不再撼动
确信召唤也附庸于一种仪式，在古老的渴意里

肃穆，将从此教导着悲伤
哦，回到词——再从词出发

十八

因为生命的容纳，而怀抱着

感谢歌唱的殿堂带来了复述和晚祷

滋养、播种，并接应

让一种光，独自存在着

在音律里栖息，回到最初的惊讶和澄澈

哦，黑暗中除了一再牵动的信仰

还有什么在抗拒着，直到

被黎明前的露水和星光吸收

十九

也许，这是一个开始，碎片连接起的全部
而全部的骄傲曾种植在凡高的麦田上

看，那用虚构的速度描画的城镇：垃圾
绣满了推土机挠过的每一条瘢痕。

而那些还没有发芽的种子和精子一起
被快递远远地寄走了——被打包的故土：

如今，解放的农民已不再甘于纯粹的劳作了
所以旷野，就放大了收获后那最后的沉默

二十

雨水，在挥霍着泪水的重量
言词，砸在被犁开的房檐间

每年，每月，每分，每秒
尽在此刻，尽是此时，积聚了
脊背上那几辈子的辛酸和被拴住的自由
非祖母者，何人能看守家园？

那膝盖向前匍匐又匍匐着的浓雾呵，从枕边
又传来黎明前苦楝树与光摩擦的对话

二十一

万马齐喑时不可探究的悲哀
死着，却又醒着，看
那黄昏撞击一切的葬礼
也用世代的呐喊作焦虑的配音

不在此间，不识四季的正负

只有，从婴儿眼神和老者白发间
放射的那道月光，在掂量和称量着
持平了尘世的较量

二十二

思：那意会和言传间的徘徊
（穿过身内煤层层层的黑暗
一度投入到时钟自由漫步的旷野）

思：便是生命，是生命不可或缺的寺
（而很多人简称之为思想，或思维……
思也从未离开过诗。思照亮了词，在词里游走）

——斯人已随诗与思而亡，居寺中无从嘶鸣
夤夜，却被远古以来的敲门声所困扰

二十三

院有酸枣不衰，家藏丑妻长命
在沙漏中称时光，废话下酒
陪西山侧影，吊古墓在腹
能有多大的事儿呢，何须磕拜

望东街西长，石桥既已废去，流水也难
抚南船北马，轮轴依然转动时，斗争高照
哦，晨起再见双祖高堂，苏醒书院的诵读
入暮时却呼灯篱落，左右为难

——不忍穿衣已久

二十四

焊接出一阵让自己吃惊的火光
再歌唱，给聋子听
独眼巨星醒着时，万瓦服帖

离开集体，离开大地的广袤
多久，才能换一次脸谱呢
被击打的生活搬上了舞台，成为艺术

而细节，依然在海底深处的岩层生长
就这样趁着年华凿着凿着凿着
直到，凿开了词

二十五

十个手指相互交叉缠绕
蔚蓝的家园，自由的元素
在海底那呼喊无法抵达的深处
至今还活跃着由人蜕变的一群小妖
歌声，就是海涛，摇荡着，日复一日

十个脚指也相互交叉缠绕
自由的元素，蔚蓝的家园，
在远离陆地，月光纯粹的夜晚
那群小妖，想起人的时间就感到好笑
笑声，就是海涛，拍击着，夜复一夜

二十六

虚构的马蹄敲打在海平面的重量上
天空的重量，主要由白云构成
"猛虎嗅蔷薇"。而墙壁的重量由壁虎移动
在幼树还没有长成之前，凳子
就已经坐歪了它，火焰的重量在对木材的悲悼中
而亲吻的重量来自于两片厚薄不一的嘴唇
在一阵激烈的触碰里消解，呈现负距离

二十七

透过屠宰场闲荡的肉钩
闻着刀刺进尸体时的那声激励
像打开葡萄酒盖那样旋转着刀柄

也越过腌制蓬漏风的格子
被搁置的尸体像柴火般劈开
到处是鱼鳞落雪在掩埋的崩裂声里

在一阵剖膛开肚，切头去尾间
像打开葡萄酒瓶子那样旋转着刀柄
是什么样的手在操纵和遗忘着一切

二十八

早晨，从大海归来——
"认识了大海那巨大的徘徊"

遍地废弃着无人阅读的报纸
而公交车开动的那一刻，挥手
已不再是电影中的某个镜头

在深深的下水道里，传来一首离别之歌
而昨日是鸟儿落井时的半声尖叫

早晨，请从大海归来——
在大海上苏醒，隔着厚厚的蓝玻璃
看见里面的每一条河流都在向着两极飞奔

二十九

多久之后又多久，才学会和习惯

伴随着尘土，端起瓷碗从门槛边蹲下来

祖先的祖先，也是这样蹲下来

一阵房檐边的低语声扣压住北方的辽阔

那晚星用光选购的，全部泼洒在麦地里

也朝着流失尽水分的叶子

等待着输液的那一刻，蹲下来，好让

孩子的孩子们接替着，在蹲成了一个大坑的位置上

听——一直俯身听——

半夜那大雷在敞开的院子里走动

像一份激烈的敲门声，惊动着

隔壁那隔着几世的邻居

三十

捕捉记忆大鸟自由翱翔的那片天空

越过一匹奔驰的马头的那个前头

速度，朝四面八方滚动，太多滚动制造着紧张

更紧张的是死亡那还未消逝的滴答声

在那滴答声里，谁已无法回身

只有在梦还没有梦着的时候，转身

或在梦的间隙间跟随着梦去穿越：一片沼泽

存在于谁的大脑里，就像瘤子，等待着切割。

也等待着全部的崩塌，在崩塌后被水土流失的土地

从暗夜里一点点地吸走，（像从一出生

就开始捂着的刚剪断脐带的那块海绵）。

哦，越过一匹正在奔驰的马头的那个前头

三十一

像散落一地的玻璃，在每个黎明或黄昏
照见一个破碎的自己，而望见语言
依然在血管里沉睡，一千年一万年
在被海水与沙子摩擦、覆盖和霸占的地方
是语言，依然在代表着踢高了月亮的那场球赛
那就用强力的柔软粘合自己
完成自己，缝合着每日每夜，而不仅仅是
从这里路过，路过着，吐了一口痰就离去

三十二

睁着，睁着，鲸鱼的大眼睛的巡视
夜：那树顶隐藏着两团摇摇欲坠的星云
头脑中凝固的化石，和背后那根尚未进化完的尾椎
被从远古席卷而来的风暴，瞬间击中
夜：翻译，在大海拍击着的海岸线边完成
那第一个走向陆地的，最勇猛无比
那第一个用石块敲击出词的火花的也是
在创世纪的时候，打上了润滑剂

三十三

俯下身来，曾走在蜥蜴走过的路上
也走在大象走过的四平八稳的路上
而那没有完成的，嵌入了巨著
一首持久的赞美诗，让想象力的翅膀
滞留在月圆之夜。音符离开了

却留下音乐凝成的那座山脉
那蓝色、绿色、红色交织的图案
在每条路上击中自己，和关心着的亮光
那就再也毫不吝啬地弹着，弹着——
启示，已不如请示来得那么便捷

三十四

最好留在原地的园地里，接受
那夜晚一阵阵持续的扫射
过分的关心，生长出一种恐惧
而那迟到的，将呈现出秃顶的辉煌

改变语言：歌声耗尽了婚姻
但在词里，却保持着最初的完整
哦，凌乱的，将在写作柔软的揉动中
粘合为一体——

那么那些听不到的，就让它沉入琐碎
那些无力结束的，就让它继续

三十五

听和言说，在嚎啕大哭
通过演说的言说，脱离了词的根

在黑暗中识别微光，就是
创世纪留下来的那道光

教我们生和死，教我们死去又活来
教我们临死或在死亡的另一端，才明白

只有在土地被晾干后，甜蜜
才会渗透进来再渗透出去

三十六

空气中又传来一阵人类吃肉过头后的腥味
过于暴露的生命，高于斧头的凌厉

那么，无辜，还没有诞生
无辜：一个盲人牵着一个聋子

而在沉思之地死亡，才有了抵达的可能
才能让对话，朝向所有的生者和死者

哦，穿过露水的短暂，那些无意义的意义
正被一声剧烈地锯过的短笛吹响，吹醒

三十七

让熄灭了的信号灯，在海上，唤醒召唤
当沉船开始正儿八经地寻找着自己的残骸

而黎明，冒泡着昨夜酝酿的鲜血
哦幸福，难道幸福真的已四海流通

可追悼，是否已追上这辆追尾的动车
在语言里，用扳道工的手扳着，拧紧泥泞

泥泞：可是午夜时分妓女那堆松散的肉
而信仰一直四海为家——该有多么美好

三十八

种子在不知不觉地孕育着新的土地
收获土地，以河流打旋的眩晕的速度
和在死亡，还没有失望的时刻

也为屋顶——昨晚，那坐歪了的天空
鼓掌，看在神话催动下的风从远古
以词建造世界为使节的进度，缓缓驶过

好人儿全被屏蔽了，——没有边界
也就没有了逾越，以及预约好的逾越的愉悦

三十九

被驶离了视线两岸的年代撞击着
被悬挂在，一声无声的悬念里

在漆黑的夜里，被当做棺材的木板安装着，油漆着
然后小心翼翼地被午夜的海抛出，从床头归来

也松散着，在被等量的黎明前的荒野吸收着
一气呵成地：被播种。等待着被产妇多产量地收割

因此将没有墓碑，墓碑：全人类最后剩下的一块
不要命的骨头，扑倒在谎言祝酒的盐碱地

四十

拯救，犹如一种神迹的诘问、接吻和告别
摩天大楼在地球的极端刺向爱要脸的多彩命运

去，去挖掘着，人类灭亡的途径和图景
当醒着，还做梦。当醒着也不愿意做一个行者

也进入北极，进入那些刚诞生不久的小企鹅的脑海
而浮冰，以伏兵的脸紧靠在融解里

是疼痛，在离海岸线一万里的地方震动着
当存在也可能意味着到达：这里，即是那里

四十一

从哭声还一直响亮着的时候，进入教育
从腐烂还没有开始的时刻，进入内心

跟夕阳倒着走一路走到黎明的时刻，再呕血
要从呕出的每一口血里学习分离、拥抱

请再拥抱一下：那未来——也就是过去的种植了
那在种植还没有结束的地方，也就是现在了

可用细心检验了千遍：只有现在，却没有未来
只有现在的现在，而没有深耕着的未来

四十二

先梦到的，已成为一片行云
而那隐伏在体内的零星战斗，早已
颤抖着穿上了成吨的军衣——

那就改在词语间梦着，梦见
回头间，有一阵咳嗽在照亮着
那半片没法根治的肺癌

哦，曾飘到理想国里，再折回来
告别动物性，在植物性的性格里漂流

四十三

觉醒的压力在无形中加强
分散怀念，那拓宽了的重量
凝聚叹息，那无力到达的地址
是磁场在邀请歌手，当那歌手的歌涌出

回答笑声，从旷野里激动地传来，又穿过
声音跌破了生硬而开始柔软
一步，仅有的一步，那么一小步
起点，那仅有的一点，小不点儿

四十四

被逝去的几个世纪折磨着，日日夜夜
看，党卫军操练的夜里，谁低下了比坟头更低的头

——回顾交换手枪时的孤独
那原子弹也抹不去的语言，督促
督促生命从断壁后站起来

而生命，还没有命名——
命名，还没有开始。在开始的地方命名
让人，重新开始

四十五

整理完，黎明撒满了粉笔灰的课堂后
去墓地朗诵：啊，多好的前程、多好的家园
多好的可以逃亡着的目的地
多好的耳聋让我们听见了寂静的强力
也烧毁他人向东汇合的流言
就这样从碎片中望着，望见了自己
从亲吻中退却，退到了推倒的海岸

四十六

直面那些无中生有的劫掠
在思者还在思考的地方
在终点，还没有完全呈现时的两岸
是头撞开了头，脑力四射的督促
和生命波澜不惊时，词语的流速
原来源头，比流经的每一条河流更长
因此遗忘，也就意味着，可以
在新的钟点里重新通过

四十七

一个男人对女人的依赖
和一个女人对一个男人的倚赖

一座桥上蹲着，十个父亲
十座桥上走着，同一个孩子

只有一个母亲，在母亲流动的母亲河里
只有一梦想，在父亲的父亲狠狠
摁灭了的烟蒂里

最后，是一个孩子对一个女人的依赖
和一个女人，对一座教堂的鞭策

四十八

在一阵揪心的疼痛里蜕变
而那些深入了寂寞的人是有福的
那些追捧着热闹的人，最有前途

可是前途，就是在阅读中突然转身
进入了，望不见故乡的那个天秤座
在那里，深入着久违了的愧疚

四十九

生活，就是义务，曾提醒着人类的出走
生活，以词为饮料，在畅饮着
可是，不不，是另一种词，以生活为饮料，在畅饮着
是另一种义务，才是生活，在提醒着人类的崭新归来

五十

只有一条大路，诉说着生命的生长
在霞光的低语渐渐消失的晚祷声里
以变成一种可以讨论的文体的时间
滚向童年那滚动的铁环——呼唤山冈

也呼唤山冈上的雪人，还没有在泪水中融化
还在被风吹着，吹干了膝盖上忍受的泥巴

也从祖父的祖父那倒退的脚印里，转身
转到理解，不再构成障碍物的那一刻

五十一

（既然，如果，生命是因为诗与思
那么，就凝聚那全部力量在诗与思中）
风，吟唱着最初的元音
（原型的坟墓里，全是原子的光明）
词语，交融着彼此的思想
天真，开创了时间和地点
最想说话的地方拔掉了一个大舌头
（圆形事物一直加深着对完美的渴望）

五十二

瓷实的记忆，在何时丧失
月亮，一步步垒高了家园
看，今天的投入，在报答着过去
而过去，没法再引进了
因为前头，也就是那个后头了
而在后头的那个终点的葬礼里
诀别，即是永生，绝尘而去
好教未来，骑着背影在一场大雾里，把什么追赶

五十三

高举着落日，踏着海波而来

背负了太多太多的包袱

那从头到脚的疼痛，和无限度的柔情蜜意

又传说：从男人身上找到的一根肋骨

在刚刚诞生的夜晚

那雪白的臀，从一只剖开的梨里升起

哦，女人：一场圆满的死亡，醒着

却能够一直酩酊地，遗忘着——

（哦，谁爱吃谁的紧张，谁爱那些被触及的记忆

也爱黑暗中的摸索，爱圈养着的婚姻——直到崩溃）

五十四

在四面都是牺牲的田野，是什么在吸收着
经久未衰。我看到了脑瓜里亮着的灯丝——
那是一种大于一的希望，带来的绝望。

那么就漫无目的地走着，走着
走到连墓碑也无法眺望到的海岸
在那里，每一个黄昏，都眨着灿烂的窗框

而跪在身后的整个星球，都在挖掘着
一种黑暗："我要的，我就要把它全部埋葬
而所有真实（以及历史的真实），就是我要埋葬的"

五十五

理解，锁住了从头驶过的一场风暴
期待，卧躺在我们的胸襟上，大海一样奔流
（那毫无表情的宣言已在大雪的掩盖下耸立）

而我们的健康，再也不需要激素的刺激了
我们的孩子，也无须在无奈的救助中才去救活着
我们，我们就是未来的形象，被信仰喂养

五十六

马头在银河的岸边嘶鸣

黄夜，等待着词，向着星空的一跃

而多少冬天消耗在木柴的燃烧里

在向日葵的头颅集体折断的虚妄间

谁，才刚刚被生下——经过一条黑暗的产道

被生出，然后遗弃在一个时间断裂的大峡谷里

向着，向着这个从何处复制过来的

戴上了变脸面具的世界，努力地眺望和奋斗

而真的，没有人知道或明白，我，将是一个开始

从未有过的开始——原始性的开始

五十七

那尚未流动的，就不再出发

也不再朝圣着渴望去匹配

（看，暴风雨凝聚的夜里

一个铁打的国王，在郁闷的中心划桨

划着，离开了这个星球——）

哦，狼狈的过去，再也不值得回忆了

那就请再创造一次，创造出

另一类的我们，就这样并排地坐着

坐着（朝向和时间相反的方向）

而再多余的，就埋在了沉船的沉默和漠不关心里

五十八

古老的离别——
在大海边阅读海浪的卷曲

已好一会儿了，圣歌洁净
那向西的力量深深地勒进了蜡做的肩膀

而重量早已卸下——在这里，获得轻盈
哦，目盲，并非盲目

当一种永恒的安宁，溶解着所有的疑问
以及那深入了母性的词

致敬

是否还有一滴野蛮的喘息
在传递着，是否还有一卷
糊里糊涂的风暴，源于
谁背上的光
和大腿间那堆火焰

哦，一名春天的房客
在重逢里，租用着天堂
（而美就是那声痛着的欢叫吗）
沙漏不能漏去的
浪，也无法抹平

103

二

也许漏自于天堂，有一种歌唱
在先人的祠堂，借着死者的喉舌

也用，用远古猿人的恐惧
去祈求

就这样地，听——行走于海上
或这样地在高山之巅

三

好了，在一场无望的舞台上
那块猩红的落幕，又是属于谁的呢

仅喜欢的，那一点点的笑，和面具
在冷冷的灯光后，把危险装饰

——而若是能飞起来就好了，而若是
千山万水也都能归聚在一道盆景里

就好了。可这冷冷的，冷冷的
云翳间，那春风又该如何引渡呢

四

那个打了个寒噤的影子
俳句一样，向着哪里徘徊？
阴阴的天，虚虚的阁
曲曲的阑干，浓浓的荫
和着失传了的箫吗
——低低地，非关乎古典

一个没有理由的存在
却活泼泼地，款款地流
哦，理性也钉不住的
一阵鸢飞鱼跃，山茶花的
摇啊摇，——而欢乐是盲目的
忧郁也是

五

而主要是——失去了脐带，割裂着
只好在沉没里分开
而主要是，谁在把自己玩弄，是主吗？
为了，为了一些些的调皮，紧张，和高兴

而更主要是——田螺姑娘也不见了
以及那道乌鸦杂酱面
或只能上街去吹一吹口哨，齐步走了
前方，芝麻开门呵，芝麻开门

六

呵，别骆驼一样地遛达了吧
繁华已然崩塌
故国的荣耀也随着夕光去了
长河落日圆

然则今天却是饥饿，在水流乱石间
多么久的一种情怀
向着黑暗沉淀，而为之酩酊
那辽阔的，那静穆的

那闪烁的，那悠远的
山岳般在梦里横亘，那样的一团笑
今天，要从旷野的苏醒中
绽放吗——传播在拥抱里

七

总是沿着空气在传递
总是这样地敲敲打打
总是罗马尼亚或加里福尼亚
总是盯着晚报，想喝喝下午茶
这样地可笑

总是脱了又穿上
这壶不提提哪壶
总是春心荡漾
总是恰恰恰，来个恰恰恰
指向有点革命性的胡子

也总是要亲自去上一上洗手间
或时刻准备着，总是番茄酱
像外星人一样尴尬，东晃西荡
总是在夜空般的脸上
想再嵌几颗，青春痘那逝去的微光

八

能这样地肯定，肯定着吗
以及那些潜藏在生命里的

也许只是不经意间的路过
也许只是，一句温馨的问候
偶然地，曾在我们心中投下了
那么大的一片光明或阴影

而许多佳节，似乎就这样地流过了
还有什么礼物，能让我们长久地激动

翻越山边的那道斜光
在岁月的沉默无语里，最后
谁又能永久地高谈阔论呢

九

美丽的牙齿，美丽的人民
美丽的燃烧，美丽的损伤

诱惑也是美丽的吗
美丽的河豚，美丽的苦水
在美丽的三角形里，那美丽的胸肌

还有什么是不美丽的
除了广阔大地上的另一场变形记
而变形记也是美丽的

呵呵，美丽的蛀虫，美丽的沉默
美丽的乌鸦，美丽的中庸
夕阳下的寂寞也是美丽的

以及一些些，锥子一样的俏皮话
在一阵不着边际的翱翔里
是又一个美丽的夜晚吗

十

莫要像公鸡般警醒吧
莫要古典
在某声经久遗失的打鸣里
远方，到底有多远——

（而你侧身渡过黑夜，
竟把这早晨蒙翻了）

谁也无从知晓呵，谁也
无从知晓，在那煮沸的情绪里
有一片奶白色，——而你
竟已悄然地溢出

十一

在天青色的果园里，月明点点
可呜咽着的，却是一阵暖风

哦，也爱上了那沉默的腐烂
也爱上，这绝隔了的叹息

为求得那朦胧背后的焰光
一支喜悦里的独舞，也褪色了

许是一种偶然，许是一种追寻
许是一种涣散，许是一种继续

十二

既是矛，也是盾，醺醺然地

索性就像北方一样地倒下吧

而哪座疯人院，领着我们

走过枝头时，向江北的春天深深地鞠躬

呵，生与死之间那头羊依然在吃草

呵，一跌再跌的股票却脱下了女衫的芬芳

呵，愤怒是无效的，（还记得，好人不长命吗）

而在一种诀别里，忧郁，也变得廉价了

像美元般不再坚挺。春光无限好

——既是矛，也是盾呵

十三

不知道接下去会怎样，身不由己的
一种隔离，每一声叫喊都浸透着孤独
和安抚一样，一些野蛮
游子的心，有亿万只马蹄在敲击

而逝去的每天都是今天，也都是明天吗
多乎哉不多也，除了喧哗，还有
脚手架下的一些些闲话，邪恶也是难免的
游子的心，有亿万只马蹄在敲击

但不知道接下去会怎样，抬上花轿的
那张脸，从此卖给了谁，在命运的尽头
一些些的野蛮，然则，不会有一片安谧的杉树林了
呵，那游子的心，有亿万只马蹄在敲击

十四

一种哗变吗——在海岸的尽头
有匹海狮在余晖里独自吞咽着
也就这样地徘徊吧，徘徊——在落日下
把波浪吐露的泡沫，那样紧密地拥抱

呵，再也没有什么幸福
在黄昏时，如约而来，默默地造访着
像老朋友一样。——也许，也许在渡过了
那道港口之后，只有旧日子才会酿蜜——

而在黑暗中，这仅仅是一种哗变吗

十五

纵使海已冷却，小贩们在街角大声地叫卖着
也不会找到，那架管风琴了——
那架拥有着无上魔力的乐器，在传说中
曾从一个雷电交加的夜晚，流落到人间

而在传说中，黑暗终究会退去，被曙光所亲吻吗
而天鹅没落的翅膀，也终将会在前方重现
昨日那舞者的高蹈吗

传说——在一个空气里都带有
玩笑意味的季节，谁的鞋子踢踏出
一种情节，想把这个黄昏走完

十六

一场迟到的失败
一场失败后的迟到

清晨过去了，时近中午
谁的发梢已泛白，星星点点也
非是离别泪，却像
月色一样蕴涵

呵，从今后，能否
让谁独自去赴约，独自
去把什么承受——那样的一种反叛
似乎，到今天才完全显现

然则，又有什么用呢
一种羞愧已爬上了谁的心头，悄然地

十七

扭掉灯泡也没用，哪怕灭了火焰
因为，因为——
已不会有什么承诺可兑现了
也不会，有什么胜利的奇迹

在前方，夕光嬉戏着的那一刻
有一道阴影瞬间，穿过了谁的心房
而你信我吧，就这样地信着吧
此致，敬礼，为了一种深深的哭泣